歌集
しずくのこえ

東海林文子

六花書林

しずくのこえ　＊　目次

装幀　真田幸治

しずくのこえ

雪の道

流されても泳ぐ顔にて鴨浮かぶ小雪を受ける草生津川に

水を出れば足の朱色もあらわなる子鴨がそっと土踏みしめる

足裏に応える雪を鳴らしつつ歩めり土手の桜を越えて

スーパーの袋一つの手応えを提げて帰り来冬枯れの道

新雪を少しずつそれてすれちがう一本道に笑顔が二つ

春へ

雪解けの水集まれば濃さ増して川語る声ほがらかになる

枯葦を揺らし飛び立つ雀らのさえずりが光る粒子に変わる

フロントをすべる氷のレース模様ワイパー越しに春空が見ゆ

「四季・春」の着信音で都会より娘のメールの温もり届く

この世をば「夢」と言う『即興詩人』　本閉じて我が夢に戻れり

受験票の子の顔は急に大人びて瞳はまっすぐ未来を見つめる

雪鎮む原に鳥が舞い降りて軽くステップ踏む昼下がり

花の芽をふくらませゆく営みの温もり樹の根の雪開きたり

「次に生かす気持ちがあれば何一つ無駄なことはない」子は卒業へ

「笑顔の奥の涙を察する人になれ」式辞に思う日々のまなざし

さり気なく立ち止まる子の広き背は追いつく頃にまた進み出す

鳥海山

観光の人や車を遊ばせて鳥海は海を見晴らしており
雪渓は五月の日射しに滴りてはるか海への旅を始める

山頂を目指す人々は荷を負いて己の影を踏みしめて行く

鳥海に立てば海へと傾けるからだより鳥の心を放つ

欠片

六月の午後の空気を湿らせる家鳩の声の深緑色

ヒメジョオン揺れる野道にいつよりか黒曜石は佇みてあり

手に取れば語り出す石黒々と古代のナイフの力を見せて

水晶の欠片を野辺に返しおく真葛の花の届かぬ辺り

「美しくはかない地球」星出氏の言葉にさざめく朝の教室

一つの目の緩さに崩れしドイリーをほどく新たに編み出す一目

輪に糸を引く繰り返し　柔らかなバラをかたどる一本の糸

熱意無き者は去れと鳴きしきる蟬「教育の森」の討論止まず

お土産

約束の手紙を認め終わるとき雨音はふいに胸に響けり

ドイツ語の『Demian』娘より届く学生時代のにおいを連れて

ヘンケルスの爪切りを手に「鷗外も使ったかも」と思えば楽し

シンプルな机がやはり漱石と腑に落つ『こころ』を読みたくなりぬ

ヨコハマの土産のバラの石鹼を泡立てるちゃんと失うために

子と選びしマヌカの蜜のほろ苦さを夜毎ひとさじ掬い取るなり

遠い日の祖母の笑い声ふくませて今年の無花果煮詰めておりぬ

シクラメン・フェア

新品種が並ぶほど花のイメージは薄らいでいく「シクラメン・フェア」

夕暮れにシクラメン一つ頭をもたげ想いの火影を濃くしておりぬ

ひらがなを見つめすぎたるときに似る訝しさありて夫というは

反応式が語る叙事詩の不思議思う酸化還元の物語など

白い冬

通勤の我と一瞬交差して白鳥が北へ飛び行く朝《あした》

週末の旅のチケットひそませて仕事始めも清しき机

夕照の色無くしゆく積雲より蛍のごとき雪受け取りぬ

再会を旧友と喜び合う陰に十数年の清き空白

窓白き午後の路線バスうたた寝の老人と我の時空を運ぶ

ヒト我は見向きもされずひっそりと羊舎を出でて霙に濡れる

北の地の手袋は厚く編み込まれ寒さ知らずの諸手となれり

「啄木の新婚の家」日に訪うは数百人とぞ我も靴脱ぐ

ある時を指したまま古びゆく時計　「新婚の四畳半」の静寂

春の気配

咲き初めし桜の写真かざられて外科外来に春の気配す

対象はピンポイントで撮ることがモットーらしき主治医の写真

ゆっくりとほぐれる自分を許すとき眠りの波にもうすぐ届く

青空はミサイルを隠し持っている　ポケットから手を出して歩こう

澳門便り

海を越える銀の翼をさらさらと月のひかりの波ぬらしおり

ザビエルの夢のジパング想いつつ往路五時間一気に飛べり

水蒸気の満ちた大気に下ろしたる榕樹の気根かすかに靡く

蟬の声シャーシャー聞こゆ日本語のフィルター越しに広がる世界

様々な膚色寄せる波模様　セナド広場の我は貝に似る

気掛かりを胸に沈めて石畳を行けば天指すファサードが見ゆ

十字架の見えざる重さ最後まで我も歩いて行かねばならず

店員が目配せで譲り合っている　日本人の札我は下げいて

オーガスティン広場にひとり拳を舞う少女の手足に朝陽差し来る

パステルカラーの窓には花と鉄格子　鳥かごのように小学校建つ

中国語の『人間失格』手にしたる青年の顔　阿修羅にも似る

残したる絵はがき数枚この旅の続きに還るその日のために

友へ

街角の一つ一つが君に会う扉と思いし日々はや遠く

「呼びかけていたよ、いつでも」語りたき言の葉の枝がゆらゆら揺れる

傷あとが薄れるように告げざりし言葉の熱の冷めてゆく日々

揺れる

道の先に友禅菊の咲き初むと想いて今日の歩み励ます

握りしめた蕾をほどく風求めコスモスたちは背を伸ばしおり

夕闇に沈みゆくコスモスの道　花の形の影ゆれ続く

迷い来し蜉蝣が青く匂いおり灯りを消した部屋のどこかで

動かざる蜻蛉がひとつ壁にあり翅脈に朝の冷気を留めて

刈り終えし田んぼの底の明るくて首を傾げて鳥が歩む

胸を駆けるモーツァルト四十番に追いつきたいと思い初む秋

鎌倉だより

トンネルを越えるたびに光は増して思いの色もいつしか変わる

雪の香を失くした「こまち」は色あせて東京駅に今横たわる

空青く地平の線の際立てば寂しささえも乾き始める

星霜にさらされて哀しげな顔の大仏が今日も鎌倉に座す

うつむいて目を伏せている大仏とせめてひととき春陽を浴びる

鎌倉の土産に買いし姫鏡に仕事始めの眉を描きおり

ただ白き吹雪の窓の内側で長谷の臘梅おもう立春

ケータイの画像に残る大銀杏　千年のそよぎ既に世に無し

独り言

送別の言葉を尽くせたのだろうか問う足元に広がる土筆

独り言のように咲き初むクロッカス道のかたわらで空だけを見て

とがりたる黄色がはじけて鳴るだろう水仙たちのファンファーレ待つ

アスファルトを持ち上げる根の力にて桜が今年の花芽を育む

川底の小石の気分　身めぐりを暦の流れがぐんぐん動く

中庭の松に鳥の巣がありて暗き教室すこし好きになる

雨

覚えなき傷あとありてふれるたび痛めり　傷は声なく叫ぶ

雨の香が静かに部屋に満ちるころ私の中に夜が来ており

更けてゆく夜の奥より落ちる雨　心の水かさ増してきている

この雨は海をぬらして来ただろう夜半の雨に波音聴こゆ

紫陽花のゆれし道なり夜の雨に夕べの道をたどりて眠る

雨が止むそのときふいに変わりゆく世界の色を見つめていたい

風

陽に干せば白さ浮き立つスニーカー跳ぶときを待つさなぎのように

空蟬を手に取ればふいに吹く風が今在るということをささやく

咲き初めし萩のはつかなる紅が揺れるひとところ白蝶舞えり

境内を巡り帰れば山門に時無きように蝶なお舞えり

金星

ああなんのためにという声飲み込んで朝の階段を今日も降り行く

頭上には下弦の月が傾きて出勤の我を白く見ている

惜しまずに汗を流した一日の入り陽とともに輝く金星

夕星の名を子ども達に伝えよう明日の楽しみ静かに光る

しずくの物語

群読の声の波をあやつらんとす「海」という詩をとどろかすため

人間が名付けるまえの　にんげんを知らぬ海の声「ざぶ　ざぶん」

「ひとつぶのしずくがなければ海もない」一斉音読窓を震わす

唇に歌の生まれぬこのごろの心の底に響く海鳴り

卒業

毎日の弁当作りも終わりにて添えたる箸が短く見ゆる

式なれば朗々と歌う喜びに疑問のかけらもなかった「君が代」

制服に三年間をにじませて個性豊かに居並ぶ背中

真っ先に泣きじゃくる男子のたくましき肩ノーサイドの笛想わせて

思い出の「エール」を歌うクラスの輪に息子が笑顔でいるそれでいい

メール（震災）

震源地に近い街に進学をする子は入学式のスーツを残して
温かいご飯に泣けてきたという息子のメール　一言「生きてる」

「I miss my family」という子のメール　一人暮らしの三日目の夜

復旧の灯りの波が寄せてくる「日常」を得てもらす歓声

一人を思い独りで歩く岸辺にてただやわらかに柳あおめる

春の旅

奥羽線乗り継ぐ先の子の街を想いて駅を一つずつ越ゆ

幼子が雲か雪かと聞く声が車内に響く白き県境

子の部屋の窓より見える山並みは雲を浮かべて蔵王に連なる

月山の上空を見ればこの街の天気が分かると子は傘を持つ

引っ越してひと月何もない街と案内する子に従い歩く

観覧車の影が街の果てに見えおり家族旅行の思い出乗せて

鶏そばと卵そばとを頼みいてメニューも親子と小さく笑う

被災せし町につばめは飛び交えり懐かしいほど青き空の下

アカシアの風

陽はいまだ沈まぬゆうべゆったりと歩幅を確かめるように帰る

国道を走る車窓に届きたる六月の丘のアカシアの香

残照が誘う寄り道アカシアの並木の向こうの書店へ行こう

生き物の息ならぬものを含みいてアカシアを揺らす風強くあり

若葉いろ増しゆく高清水の丘にアカシアゆれるも束の間のこと

これから

春琴と佐助と生きる厳しさが艶とはかつての娘の言葉

この先をどう進もうかと立ち尽くす小樽に広がる青暗い海

語りては元にもどるを繰り返すオルゴールに似る母娘の会話

「やれるだけやってみればいい」ふと胸に言葉が生まれる青空の朝

ポプラの葉一枚ずつが語りくる風高くして止むことなしと

「思い出は力になる」という葉書独り歩きの街で買いおり

冬の音

身の内に仄暗き野の広がりてラフマニノフの「ヴォカリーズ」が奏《な》る

心身の不調を言えば「冬至までの辛抱です」と微笑む主治医

雪よりも白き猫の背波打ちて生命体の光を放つ

温泉の軒下に集う猫たちが雪道を行く人間《ヒト》を見ている

温泉の配管の上にうずくまる半眼の猫の夢は何色

長崎の旅

形なきロザリオ胸に抱きつつ行こうと思う五十歳の旅

信徒らが祈り闘いし島々よ機上より見入る夕影の海

オルテリウス世界地図に見る日本は羽ばたきかけた雛にも見える

奉行所の白洲の跡の砂利荒く踏み絵のいたみ足裏に覚ゆ

人間がしたことこれからすべきこと爆心地跡のしずけさが問う

花の咲く土地より帰ればふるさとは雪室のよう白く呼吸《いき》する

送別

内密の話を受け取る者として覚悟の一端もらい受けたり

泥の色を身にまといたる白鳥のゆるき羽ばたき午後の陽つかむ

送別の宴の窓に揺れていた竹林の影　心に揺れる
さよならをしっかり言えた三月の胸に満ちたる静かな空虚
芽吹く音聴こえるほどにわきたてる五月の樹々のみどりさみどり

里山よりひとすじの霧離れゆく雨上がり告げる吐息となりて

汗

街を包む花の香りはアカシアと教えて子らと胸深く吸う

束の間の白き花房舞い散りてアカシアの香の薄れゆく街

曲線にひそむ強さを想いつつ教えるひらがな今日の字は「ふ」

願い事ひとつと言えば一心に短冊に向かう子らの掌の汗

この頃は柔らかい声で語る子の小さなえくぼにようやく気付く

「やれそうだ、やっていくんだ」あの日から三十余年が矢の如く過ぐ

秋の光景

新米をもらいにおいでとほろ酔いの父が週末の私を招ぶ

雀らの遊びさえずる電線は地平へ伸びる秋の五線譜

深い宙《そら》へ放り出される幻影に刈田の真ん中踏みしめて立つ

稲架という景色も技も消えゆきて赤とんぼの群れ空にさまよう

次の作業に立ち上がりたる老い父の帽子にちょんと赤とんぼおり

陶磁器のごとく姿勢を保ちつつ鷺がひとあし時間を運ぶ

降る雨に街並みは色を無くしゆき視界より冷気染み込み始める

京の道

金色の寺の庭にて茶を服すしるしに拾いし紅葉一枚

散る紅葉朽ちる香りを積もらせて糾の森のこの秋暮れる

行く川の絶えぬ流れを今も聴く方丈の庵枯れ果てて立つ

歩いても歩いても尽きぬ京の道紅葉の色に誘われて行く

我を待ちし君の時間も煮込まれて濃くもろきうどん熱くいただく

吹雪

模擬授業を控える子のため就活のスーツを背中のラインで選ぶ

届かない空っぽな手をバスに乗る我が子にせめてひらひらと振る

吹雪にも動じぬ顔の運転士　雪国のバスは定時に発てり

窓を覆う吹雪　家は今真っ白な宙をさまよう小舟となりぬ

遠近の感覚も白く埋められて一足ごとに浮き上がる我

地吹雪を母と歩いた思い出の中を今なお歩む我あり

ある日のこと

わたくしの言葉を返せと思いつつ顔色変えぬわざ身に付きぬ

川土手に並ぶ小さな緑色　春風さぐる水仙の指

雪解けに嵩を増す川が映し出す淡き夕空　今日を許そう

丸ごとの林檎を芯まで食べ終えて心はいつか円くなりたり

青田の風

数ミリの調整に励む育苗の作業を息子は訥々語る

防塵マスクにマスク重ねた作業とてなお鼻水が黒いと笑う

連休一の思い出として子と過ごすラーメン屋での三十分間

折り返す線を重ねて黒々と起こされていく春土香る

陽も雨も常より過ぎること多く遠き息子の稲を案ずる

鳴り渡る青田の風のゆく果てに子はあるか今も汗しているか

道

産院にて画集を広げ待ちしことも懐かしき時間　魁夷館訪う

緑響く絵の中を我も歩みたし小径を進む子馬のように

安定に沈まぬために旅立つとう魁夷のこころに白馬が駆ける

一心に描くことは祈りに似たり　心にあるもの逃がさぬように

館を出る眼前にかかる「道」ありてみちは遥かに続くと告げる

百年は束の間に経ち百穂の描きしりんどう野に咲き初める

かつてないこと多き時間《とき》の先端に誰もがありて今日の陽を受く

野葡萄がふくらみつつあるその色を表す言葉さがす帰り道

旅先にて『蜻蛉日記』を選ることも心の自然として読み進む

「忘れるな」
「見せましょう底力を」のスピーチに言葉の力を信じたあの日

島影の彼方より波の迫るごと今日は吹雪にけむる松島

土産店軒下に「津波ここまで」の変色したる張り紙残る

「忘れるな」の言葉が胸に刺さるほど忘れてしまった大きな何か

離任

為し終えた実感に羽ばたく心地笑顔にて立つ離任のステージ

「よその子もほめてしかってあげてね」とうメッセージありて小さくうなずく

「忘れない」と記す心を受け取ったそのことを我も忘れずいよう
開きたる瞬間の香の薄れゆき思い出色へと変わる手紙たち

背景

猫声で呼べば振り向く一瞬を切り捨てて猫は春宵に消ゆ

夕暮れに桜並木を歩む我はあるいは誰かの背景なのか

このゆうべこつんと窓に当たりたるトンボの飛翔が夏への合図

真夏日の土手にうつむく老人《ひと》見ればコスモスロードに種をまくひと

煌めきは波の中のこと手に乾く紅貝の色すでにあせたり

千万年前は深海たりし瀬の温き水をはね歩むこの夏

消失点

「思い出すことなど」ふいに漱石が生身となりて傍らにあり

さくら藤すみれ藍へとはだを染めて富士はいま夜にひそみおるなり

修善寺の空のせまさよ漱石の耳も川音を寒く聴きしか

漱石の享年過ぎて我はあり漱石亡きこと遥かに悼む

戸賀湾へあふれくるかと寄せる波　心を満たす海のエネルギー

果てしなく寄せ来る波と雲に向かう　消失点は心にありて

ごほうび

首をたわめ泥に顔を寄す白鳥が切なる食を静かに果たす

生まれ出る合図を胎児がなすという主体となって生まれてくるのだ

朝毎のハチミツの花アカシアが街に香るを胸深く吸う

雨あがりの散歩のごほうび数年ぶりに出会う恩師に名を呼ばれるは

青空に投げ出されたら飛べそうな初夏の地平に鳥海山見ゆ

地球ごとこわれる大気を想いおり湖の風にひんやり吹かれて

夕雲

しがらみという糸が身を世につなぐと思えばそれでいいかもしれぬ

教室の窓より逃がすアゲハ蝶ため息集めて風へとかえる

夕暮れに家へと急ぐ人波は無口にて遠く風が聴こえる

夕雲は雨をはらみて流れおり帰宅の背中を寂かに押して

運勢は悪しと聞けばふっきれて少し元気が戻る十月

沈みがちな気分に素直に沈みおりだって『10月はたそがれの国』

検査入院

問診に笑顔で答える父であり営農七十年と胸張る

三人子を二人と答える父の中で消えていたのは誰だったろう

初めての入院の夜ベテランの看護師を父は何度も労う

日付なき今日があるのみ紅葉葉が散れば集めて父は笑えり

いつの日も父は与える人であり茶菓や土産をすすめてやまず

父よりの高校入学祝いなりしフルート奏《な》らせば変わらぬ音色

風に知る

水仙をかき分けて猫が散歩する季節のささやき聴きとるように

あの人の素っ気なさに傷ついていた気付いてみればそれだけのこと

初物の茗荷の香りの切っ先の清々しさが今日の御馳走

三百年後味わう幸を思いつつ凡人我は若冲に酔う

ひとを想う瞳に宇宙があることを思い出す萩尾望都の少女に

自らをねぎらうゆうべ見えずとも頭上のオリオンさやかに光る

アカシアが遠い丘にて咲くことを駐車場の風に知る朝

街道の向こうへ向こうへ咲きならぶアカシアゆれて風を走らす

十日経ち花落ち果てるアカシアの葉陰の濃さに夏は近づく

地点

立秋は八幡宮ぼんぼり祭り巫女の白い手灯をともしゆく

ぼんぼりの一つに描かれしイチローのバッターボックス不動の瞬間

小さいこと一つ一つを重ね来てイチローが立つはるかな地点

自らを祝福できる今日のため　ああたくさんの昨日があった

参道に空蟬一つ仰向きて祝祭のごとく浴びる蟬声

三日月を宙に浮きたる舟として灯りの底よりはるかに仰ぐ

胡桃

天の時計さしたる方へ渡り行く白鳥の群れが雪の間を飛ぶ

握りしめ握り直せる掌の中の透明な胡桃一つを離さず

水たまりと思えり不用意な小石に泥わきたちて濁る君の胸

公園にカモシカの仔の迷い来てブランコの子もとまどい揺れる

肩書き無き名刺が要るという父の傘寿の心を計りかねており

カウントダウン

サン＝テグジュペリが撃墜されし空の色沈みし海が胸深くあり

陽も雨もほどほどとなる盆の入り子の帰省待つ銀色のとき

ネジ一つ締めて直せる食器棚　三十年の開け閉めの後

柱時計それぞれ時打つ老舗店に信濃りんごの水菓子白し

閉じた世界

今はもう病室に管でつながれてどこにも行かない行けないあの人

遠からず予告されている喪失がシャボン玉に似た光を放つ

「絶飲食」解かれて口にする水のさらさらうすきを君は嘆けり

幼き日父の馬橇でどこまでも雪原駆けしが夢のごとしも

新年度「気を付けてつとめるように」八十四の父電話をよこす

洋酒入りチョコを一粒口に入れ我のささやかな晩酌とする

ルートヴィッヒはまさに異国の響きにて呼べば確かな唇《くち》の感触

（ベートーベン）

公園

朝方の雨はあがりてサルビアの赤がきわだつ秋の入り口

ああたったこれだけでいい高原に柏の大樹さやさやと鳴る

音符ということばを読んで音におく見知らぬ世界に分け入る心地で

冬の田のあぜ道をゆく遠影を父かと思う　かなわぬ今も

内定を子は得ぬふいに新年はスタートの意を新たにしたり

立春の声

夕空で白鳥たちが声を交わす　ここにも届くと道で呟く

夕空を白鳥の声が遠ざかるほのかな灯りを胸に残して

肩越しのゆうべのひかり牡丹雪の落ちる気配も立春の声

川の水とろりと温み鴨の子がぽちゃりとひとかき進みゆきたり

空へ陽へいっせいに枝をかかげたる春の樹々たちの花芽のほてり

朝の陽に紛れゆく銀色の月を胸に刻みて決意となせり

思い出の旅

思い出の地を巡る旅透明な時のベールをそっとめくりつつ

「下の畑」に我も向かえば木もれ陽とともに降りくるうぐいすの声

ツバメの子ら飛び交える空　春の陽を切るようにまた繕うように

思い出のかけらを集め追悼す「星めぐりの歌」ふと口ずさみ

あるいはこれが遺影になるかと思いつつ娘のシャッター受け止めており

一会

はね返る光の粒子に目つむれば風も笑えり　さあ夏は来ぬ

次に乗る車の色は青にしよう　どこまでも空ふかぶかと海

ひんやりと身を引き締めてヒトの手の熱に耐えいるヘビの目碧し

小指ほどのアオダイショウは我の手を灼熱として舌ふるわすか

金緑のかぼそき身体で陽を返し川蜻蛉とぶ影のごとくに

尾羽長き小鳥が訪うも一会とす「いせひでこ展」森のおうち

アーティスト北斎の描く大浪の愉しさ　命は海から生まれた

最晩年北斎の描く鳳凰の極彩色の精気を浴びる

足どり

ほんとにもう大変ですと言い合えば足どりの重さ少しは減るか

責めないで寄り添う姿のイメージで闘う相手は子どもの向こう

自分の場所が欲しくてゆずりたくなくて涙まじりのイス取りゲーム
ごほうびを我も欲しいと地団駄をふむ子の熱量まぶしくもあり
誰もいない鉄棒の下でけられたと言う子の心を蹴るは何者

「困った子は困っている子」ぷくぷくのAのほっぺを今日もなでやる

小さな背のぬくもりに手を添えていく笑顔の輪への一歩のために

たっぷりと雪のふとんにくるまれて眠る球根の夢をゆめみる

『森の本』

手離されて棚に置かれし『森の本』我に来たりてともに息づく

あざやかに滴る森の記憶たち扉の奥にしばし分け入る

幼きにめぐりし森の断片をA5判の中に拾えり

杉木立の清しきひかり香り立つかっての森に心は還る

問うように答えるように繰り返し息を込めては吹く「花は咲く」

音楽研修会

まっすぐなまなざし集めしなやかに下りる指揮棒　音が湧き出す

アルペジオ基本合奏始まれば息つぎさえも響きの一つ

音楽が好きで楽しくてトランペットの少年の笑顔まるでひまわり
「COSMOS」を歌い演奏する子らは宇宙のいのちをもう知っている

ウイルス下

角ぐむ芽をほどきはじめるチューリップ休校の窓の下にならんで

誰もいない教室の窓で背を伸ばすヒヤシンスの青ひときわ香る

臨時休校十日目の校舎どこからかホコリは生まれ知らずに積もる

予定変更相次ぐ会議マスクの顔顔……　目だけが光る

夕陽を背に家路につけば地平よりふわり浮かび来るスーパームーン

それぞれの趣の声で鳴き合えるウグイス　二羽が親子に聞こゆ

離れて住む子に誕生日メールする「いいことたくさんありますように」

「良いことがたくさんできるように頑張る」子の返信から生まれる力

シェエラザード

「シェエラザード」大きく鳴らして帰る道　窓から音符のしずくを散らして

西の陽に照らされる街はまぼろしか「海の冒険」の波が広がる

大波の楽音高まり難破する船に何かが今日も消えゆく
「だったん人の踊り」は遠く夢の国夕暮れの空につながっている
物語は静かに閉じて一日のリセットなごりの口笛を吹く

うつろい

古書店より救い出したる三島由紀夫『春の雪』二百十円なんて

砂利道で拾いし水晶ひとつぶがこのてのひらに光る悠けさ

逆波立つ川が鉱物の帯に見ゆ遠い海には台風生れて

夕暮れのどこかにひそむ邯鄲がリズムを重ねて秋へと向かう

わくわくフェスタ　1

コロナ対策万全にして全校児童徒歩遠足の伝統守る

山の上の動物園へと八百人で歩くフェスタは秋晴れの下

林道に咲き広がれる野紺菊マスクを通して歓声あがる

いわし雲ひろがる空をどこまでも行ってみたくてマスクを外して

海が見えたそれが思い出とつぶやいて六年生が無口にもどる

秋冷

喉のかわきをゼリーで口中ぬぐわれて「ありがとう」と父　かつての笑顔で

「気をつけて帰れ」と父は三度言えりたった五分の面会中に

「また来る」と手を振る我を目で追いてわらべのごとく父も手を振る

眠りの海の波間に浮かぶひとときを父はほほえみまた沈みゆく

遠からず戻らぬ眠りに沈むのか静かな夢の海の冥さよ

手をさすり父の眠りを目守る午後けやき通りに枯葉舞い散る

雲の間にあらわる十三夜の月は束の間の父の意識のひかり

初冬

転院先は対面面会不可なれば生身の父にふれるも最後

眠る父に気兼ねなくふれ指先でどうぞ目覚めてと合図を送る

ようやくにペンを握りて「仕事は」と我にたずねる父のまなざし

「もう帰れ」とあごで合図をしたようで父は眠りの深きへしずむ

ブラックホールをこころに秘めて本日の業務をこなす笑顔もうかべて

次はもう最後の知らせ諦念の水面に浮かべる今日という舟

厳冬

「運命」に曲をかえたる帰り道吹雪の橋にて危篤の報受く

目のひかり消えたる父に人工の呼吸《いき》も我らの声も届かず

脈拍も呼吸も零《ぜろ》になるからだを父はしずかに脱いでしまえり

父のいないこの世となりしをするすると時間《とき》は流れて七草を炊く

切実

切実に古き日本を描きしとう安野光雅の「切実」が問う

ヒメジョオンの小花を飛ばす幼子の遊び無邪気というは罪あり

先々を思えば苦し　瓶の中ひとつぶ息するマリモを見つむ

こぼれ落ちる花も香りも雨の中アカシア並木のひそやかな朝

アカシアの丘のさみどり溶けいだし六月の若葉濃さを増しゆく

夕照を翼に受けてコロニーへ帰りゆく鷺は空の真ん中

折り合い

店頭の小玉スイカに昨夏の亡父想えり静かに通る

父の日は無縁になりし我を知るセール会場横目に過ぎて

願いのせ黄色の星々浮かぶごと苦菜花ゆれる医院への道

診察の待合時間に『シッダールタ』一生涯を読み了せたり

聞き慣れぬ病名知りて気怠さの不安に一つ折り合いつける

無彩色の人々が視界行き交いて医院を出れば夏空高し

日々

幼き日ホタルの樹を見た思い出はこの子らに語るためでもあったか

教師としてのプール指導終え横たわる水やさしくて深き青空

老いに向かう日々にも朝をくりかえす新しい汗をまた流すため

アメダスの画面の大いなる渦か　雲かかりきて街覆い出す

乱雲がぐんぐん走る虫たちの鳴きしきる声に起きる突風

わくわくフェスタ　2

「決行」の声に全校歩き出す山の上なる動物園へと

突然の雨にどよめき早変わり合羽と傘の行進続く

樹々の間に光る海目に焼きつけて雨を歩くもわくわくフェスタ

こうやってこの道を行くも二度とないクヌギのどんぐり大事に拾う

工芸品のごとき雀蛾十月の扉で今日も動かざるまま

矢印

次々に舞い上がりゆく白鳥が頭上を過ぎる橋の通勤

朝陽へと川霧の波を翔け上がる白鳥おのれを矢印として

嘴をまっすぐ掲げ羽ばたける白鳥の首つよくしなやか

坂道を帰れば夕闇の向こうに美大工房の熱気灯れり

日が落ちて夜へと変わる街並みの景色いつになく温かし

退職の書類数枚準備して役解きし身の軽さを想う

桜樹に冬芽とがれど来春の我の姿はまだ見えぬまま

側溝の枡に時雨が滴れば水琴窟の銀色の声

街の地下にひそかに響く銀の音を想えば心に広がる水輪

幹をゆらし金色の針をふりまいてメタセコイアが冬支度する

今どのあたり

ゆく川の今どのあたりごろごろと石の転がる川原が乾く

傷んだ枝なら取って元気をもどそうと生体検の身に言い聞かす

折り紙のハートや四つ葉を贈られて内緒の検査に向かう放課後

ミロノフでもギルバートでもなくてただ等身大の夫と老いゆく

退職

「成長した私たちにまた会いに来て」なんてすてきなお別れだろう

まなざしを笑顔を涙をありがとう新たな出会いをはなむけとして

笑顔での「さようなら」に間に合った病抱える身体ねぎらう

最後なる氏名点呼に胸を張る辞令交付が教師の卒業

「ご苦労様」夫の小さな一言に「いえ、そちらこそ」と心で返す

たい焼きをほおばりドライブする道に公務なき春の空を味わう

病棟

陰性にて手術できると安堵するいまだ六波の収まらぬ春

あとはもう医療のプロに任せようカーテンの繭にこもりて眠る

病棟の窓の下なる総社杜のみどり日ごとに確かになりゆく

咲き初めし桜もすでに散るころか心に描く退院の道

朝夕に子が住むあたりをながめては病棟の窓になごむひととき

海沿いに光る十基の風車たち勢いよき日退院決まる

肩の力を抜こう背筋をしゃんとしよう鏡の中で顔を上げた日

花には花の

ブロックがカチリとはまる手応えで神経細胞がつながる痛み

かさぶたがほろりと落ちてけなげなる身体と気付く　しばしさすれり

ゆっくりと歩めば甘き香が届く赤つめくさが小径にゆれて

咲きたてのハマナスも花粉にまみれて花には花のバイタリティ見ゆ

ここに咲くとアザミに気付けば道の辺のあちこちに点る初夏の紅

あとがき

ささやかな第二歌集である。

第一歌集以後の十四年間。不安定な社会情勢の中、秋田という自然豊かな地方都市で暮らす自分が教員を定年退職するまでの、慌ただしく生活しながらも短歌の形に成し得たものをようやく歌集にまとめることができた。

画家安野光雅氏が亡くなられた際、ＴＶの追悼番組があり、『旅の絵本』についてだったと思うが、インタビューでのこんな言葉が紹介されていた。

「今、描いておかなければ、永久に消えて忘れ去られてしまう、と、切実に思った。」作品に取り組むそんな切実さが、私にとっての短歌にもあっただろうかと、自問が生まれた。

強い主張があるわけでも、斬新な感覚や表現にあふれているわけでもない、平凡な自分の短歌である。でも…。

歌を詠むということが、体験の中の心のゆれを受け止め、問い直し、定型において自らの語彙で確かめることと考えれば、稚拙ではあるけれども、短歌にしようと取り組んだその一事、その一瞬が、自分にとっては切実なことだった。言葉を操作することを第一として短歌があったのではなく、生きているなかで心がふるえたことが短歌になったのだ。

かけがえのない瞬間や思いに丁寧に向き合うということにおいて、私なりの切実さが、確かにあったと思う。

私のような未熟なものが第二歌集を実現できたことは、贅沢なことだと思っている。心の中には「私の明日が消えないうちに」というフレーズがある。小さなしずくのような一首ずつを集めて実現したこの一冊が愛おしく思われる。かかわりのあったすべての人たちに感謝の気持ちでいっぱいである。

そしてこれから、ますます不穏さを増す世界においてどんなことがらに出会い、どんな自分で向き合っていけるだろうか。第三歌集を目指し、また一首ずつを大切に積み重ねていきたい。

刊行にあたり六花書林の宇田川寛之氏をはじめ、スタッフの方々には大変お世話になりました。深く御礼申し上げます。

二〇二二年　夏

東海林文子

略　歴

東海林文子（しょうじふみこ）

1962年　秋田市生まれ
1995年　「短歌人」入会
2007年　「短歌人」同人
2008年　第一歌集『無音の行進曲《マーチ》』刊行

現住所　〒010-0962
秋田県秋田市八幡大畑２－12－１－416

しずくのこえ

2022年10月28日 初版発行

著 者――東海林文子

発行者――宇田川寛之

発行所――六花書林
〒170-0005
東京都豊島区南大塚 3 - 24 - 10 マリノホームズ1A
電 話 03-5949-6307
FAX 03-6912-7595

発売――開発社
〒103-0023
東京都中央区日本橋本町 1 - 4 - 9 フォーラム日本橋 8 階
電 話 03-5205-0211
FAX 03-5205-2516

印刷――相良整版印刷

製本――仲佐製本

定価はカバーに表示してあります
ISBN978-4-910181-42-4 C0092